MIN Bodil

FORORD

MIN Bodil døde d. 23. oktober 2019 kl. 13.40 på Onkologisk Sengeafsnit på Odense Universitets Hospital.

Hun blev kun 69 år.

Vi var sammen i næsten 46 år – gift i næsten 44 år.

Vi tilbragte Bodils sidste 18 dage sammen – døgnet rundt - på enestue 4 på Onkologisk Sengeafsnit

Det var en skræmmende og grufuld oplevelse, at se sin kone dø – lidt efter lidt forlade livet.

En oplevelse, jeg **skulle** deltage i, hvis jeg ikke skulle foragte mig selv resten af livet.

Hvis der findes en barmhjertig gud et sted, så mødte vi ham ikke – han kom ikke forbi Bodils seng på stue 4.

Denne bog er et forsøg på at bevare og fastholde stemninger, indtryk, drømmesyn og billeder af min dejlige kone inden, erindringerne begynder at fortone sig.

Først og fremmest har mit ønske været at hylde og ære det vidunderlige menneske, jeg var så lykkelig at kende i så mange år.

Samtidig beskriver den lidt af det kaos mit liv blev til, da hun døde.

Begreber som sorg og afsavn er teoretiske begreber.

Når de rammer, er det med en smerte ingen kan forestille sig eller begribe

Det er ubærligt – så meget værre end fysisk smerte.

Jeg håber at kunne hjælpe andre, der er –
eller kommer i en lignende situation.

Jeg har lært, at genkendelse kan være vejen
tilbage til et normalt liv…

Udover kaotisk forekommer indholdet nok
trist, sentimentalt og med mange gentagelser.

Men det er præcist sådan, mit liv og mine
tanker har formet sig i de første 3 måneder
efter Bodils død. Det er den tilstand, jeg er i.

Bogens indhold er nogenlunde kronologisk –
dog er oplæggene til præsten og hendes tale
flyttes om bagest, fordi præstens tale tjener
som opsummering på Bodils liv.

Det er **ikke** en traditionel bog.

Det er MIN bog om MIN Bodil.

tanker

jeg har tænkt

længe

og indgående på

om det er medlidenhed

med mig selv

der gør

at jeg græder så meget.

det er det ikke.

jeg ved nu

at jeg græder

fordi jeg

for første gang i mit liv

føler sorg

jeg græder

på et splitsekund

uden forvarsel

når en tanke om Bodil

eller et billede

af hende passerer.

jeg græder højlydt og hulkende

helt uden kontrol

som aldrig før

alt er drejet rundt.

det muntre liv er slut.

en skrækindjagende smerte

har meldt sin ankomst.

ensomheden

at være ladt alene tilbage

er ny og forfærdende

jeg så dig i nat
dine omrids
og talte med dig
det var dejligt

havde jeg vished for

at du ventede på mig

et sted

så tror jeg ikke

jeg var her meget længere

der var du lige igen!

lænede dig kortvarigt

op ad mig i sofaen

så naturtro at jeg vågnede!

dejligt

men alt for kort

drømmesyn

vi mødtes i nat

i mine drømme et sted

et sted jeg ikke kender

jeg så dig i skyggen

vi smilte til hinanden

dejligt og indforstået

det samme smil

som jeg taler til

på billedet i stuen

jeg elskede dig

jeg elsker dig endnu højere

smertefuldt og ægte

nu vil jeg sove på ny

og drømme om

at møde dig igen

jeg solede mig

i din udadvendthed.

nød at se dig

når du førte dig sikkert frem.

du kunne tale med alle

længe om alting

og ingenting.

solede mig

og hyggede mig.

det var nok for mig

at være hos dig

at betragte dig.

nu

er her så uendelig

tomt

alt er urørt

ingenting er flyttet

ingen ting er rørt

intet skab er åbnet

jeg sover med din dyne

i dit sengetøj

det dufter endnu

svagt

men dejligt

jeg ligger med din pude

tæt ind til mig

og husker

åh

husker

når jeg skriver

om min store kærlighed

tvinger jeg mig ind

i erindringer

så smertefulde

som ingen forstår.

men der

lige der

i den største smerte

ligger den store

og ægte glæde

ved at huske på

at man har elsket

stilheden er larmende

og smerten ulidelig.

Hvordan skal jeg

klare mig uden dig

dit smil

dit væsen

din varme?

Her er koldt

og trist uden dig

du var min verden

min elskede

Bodil

20. november

Jeg gik i dag og ryddede op i mors medicin.
Alt det skidt min stakkels kone har måttet
indtage. Hvor er det synd og meningsløst.

Åh gud, hvor er her trist uden hende. Jeg ved
ikke om jeg klarer det her.

Ingen kan forestille sig, hvor meget jeg
savner hende.

Jeg forstår til fulde, at man kan dø af sorg.

46 år

hvad kan dog udfylde tomheden

i hverdagen

i mit hoved?

ikke udfylde

men fortrænge.

kan børn

børnebørn?

er de et livsgrundlag?

vi lever jo parallelle liv.

jeg skal selv finde et formål

og en vej

ud af sorgen

og tomheden

jeg overvældes af dig

dit tøj

i dine skabe

medicinen

din kam

et ur

smykker.

alt synes at være dit

have tilhørt dig.

jeg møder dig overalt

husker ting

du har sagt.

dit smil ser jeg for mig

du er her endnu!

men jeg græder igen

nej! stop det!

siger jeg højlydt ud i mørket

når tankeflugten igen

tager den drejning

der uafvendeligt

fører til

sorg, gråd og søvnløshed

* Min stjerne*

Vi boede sammen, Bodil og jeg, døgnet rundt de sidste 18 dage på den lille enestue.

Sarah og Mikkel kom ind imellem på skift for at se til deres mor og afløse mig i nogle timer.

De var der begge de sidste svære dage.

I de 18 døgn mødte vi ikke nogen barmhjertig gud, men vi mødte et empatisk og indlevende personale.

Jeg har desperat prøvet at huske, hvornår vi sidst talte sammen, før Bodil helt gled over i en koma tilstand.

Det er pludseligt blevet vigtigt, altafgørende at huske, hvad vi sagde til hinanden – men jeg kan ikke.

Alt kom så gradvist - men hurtigt – fra at
have sprog og bevidsthed til at miste sproget,
men stadig være ved bevidsthed, indtil...

Ingen fatter, hvor ondt det gør at tænke på,
hvad der skete og hvordan.

Bodil var et smukt menneske, som jeg
elskede hæmningsløst – og måske endnu
mere efter hun blev syg. Det har jeg aldrig
tænkt over før nu.

Jeg tror, jeg ubevidst var klar over, at jeg var
ved at miste hende og derfor elskede hende
endnu mere, mens tid var.

En spændende pige af udseende, smart klædt
med rigtig god smag – ikke for prangende,
bare sej – og en klog pige

Jeg var stolt af hende, pave stolt af at være
gift med hende.

jeg skriver for at huske.

ordene fastholder billeder

og erindringen om dig.

smerten ved at savne

er ubærlig.

din død er så

ubegribelig uigenkaldelig

det er en rigtig svær tid

lige nu.

derfor er det dejligt

at tænke tilbage

på den venlighed

mange venner viste

da sygdommen tog til.

der var venner

der kom

der var venner

som støtte

og der var venner

der var engang

du er her

jeg kysser din pude

igen og igen og igen

tre gange – HVER aften

inden jeg sover.

et mønster

der ikke må brydes

jeg sover med DIN dyne.

betrækket er skiftet

men det er DIN dyne

den DU sov med

ved siden af mig

jeg sover nu

- endelig tør jeg! -

på DIN plads.

det er dejligt

din faste lange pude
lagt tæt ind til mig
næsten som var det
din krop

jeg kysser dine fotos
alle otte
når tristheden rammer
eller når jeg går
eller kommer hjem
og før jeg går i seng.
mit ritual
jeg ikke vil ændre

jo, du er her endnu
du smukke smukke sjæl
og dine dufte fornemmes.
det gør mig lykkelig
midt i al sorgen

din elskede Molli

Molli sover nu igen

på sin pude ved sengen.

i starten sov hun

på sin mors plads

i sofaen hele natten.

det var tydeligt

at hun stadig fornemmede

duften af sin mor.

efter mange dage

begyndte hun at komme ind

til sin pude ud på natten.

nu ved hun

at hendes mor ikke er her mere

når vi førhen kom fra tur

løb hun glædestrålende ind

for at gense sin mor

som om

hun ikke havde set hende

i mange dage.

det gør hun ikke mere.

nu vil hun ikke hjem

når vi har gået tur.

for hun ved

at hendes mor ikke er der mere

glæden er væk

også hos Molli.

hun var sin mors hund.

nu nøjes hun med mig

nu hendes mor ikke er her mere

lave mad

spise

alene igen.

hvor er snakken

historierne fra dagen

hyggen

intimiteten?

hvor er

smilene

kærtegnene

sulten?

her er alt for stille

alt det

jeg længes efter

var med dig!

13. januar

Holder det da aldrig op med at gøre ondt?

Der er gået 80 dage og om 3 dage ville Bodil

være fyldt 70 år

Ingen alder i vore dage, siger man

Det gjaldt bare ikke for hende!

Jeg går rundt og spiller idiot:

Joh, det går da lidt bedre

Bilder mig selv ind, at det er sandt

Hvorfor??

DET GÅR JO AD HELVEDE TIL!

Kan I da ikke se, hvor fuld af shit, jeg er

Går rundt og spiller Kong Smart

Der er jo ikke noget ved noget!

Får det da aldrig en ende!?

det bedre menneske

på din blide

søde facon

rettede du på mig

når jeg

gik for langt

hidsede mig op eller

tordnede mod omverdenen

med alle dens idioter.

jeg lærte eftertanke

besindighed

generøsitet.

mit menneskesyn

tøede du op.

langsomt blev jeg

det bedre menneske

jeg drømte om at være.

hvad større gave

kan man få

fra den man elsker?

jeg er heldig!
jeg elskede
før jeg mistede

andre ser først
hvad de havde
når de mister

for dig

ved du godt

at hver gang

jeg støvsuger

afkalker vaskemaskine

eller vasker gulve

så gør jeg det for DIG?

jeg gør det

for at du

kan være stolt af mig.

jeg vil så gerne

glæde dig

holde niveauet

den dag

jeg er ligeglad

så er du her ikke mere

men

den dag kommer ikke

så længe jeg lever!

øverste skuffe

i skuffen ligger

din hårtot

dit fingeraftryk

din nusseklud

du sov med om natten.

jeg har gemt hår

fra dine børster.

de intime

og fysiske ting

dem gemmer jeg på.

jeg ser ikke til dem

de ligger og venter

de er en reserve

når minderne blegner

den gamle mand

jeg så en frisk fyr på 71.

alderen trykkede ikke.

glad og tilpas

med appetit på alt.

vidunderlig kone

dejlig familie

pragtfuld tilværelse

nu ser jeg

en ældre mand

lidt sammensunken

trist

rastløs og ensom

uden appetit og lyster.

han sidder alene

i sin glædesløse tilværelse

og tæller sine sidste år

den psykiske smerte

der gør ondt i mit hjerte

den kender jeg nu

og forstår.

den kommer især

når tankerne flyver

og afsavnet blandes med sorg

Systemet kører videre

Ingen gør sig nogen forestilling om, hvordan
jeg konstant mindes om, at du ikke er her
mere.

Først den smertelige tid med kontakt til
præsten, stillingtagen til stenens farve, tekst,
bisættelse, urnenedsættelse, kontakter til
Skifteretten, bankerne.

Udover den dræbende stilhed overvældes jeg
nu af et utal mails til dig og derefter breve fra
de samme, som har sendt mails, men denne
gang stilet til dit 'bo'

På din mailkonto må jeg lukke de enkelte
afsendere ned – en efter en, en trist og træls
opgave.

Din FaceBook profil jubler videre, som om
intet var hændt og jeg må have hjælp fra

Sarah til at minimere de fremtidige opslag,
Men andre og nye opslag finder alligevel vej
igen og igen.

Lejligheden og boliglånet skal tinglyses, fordi
der nu kun er én ejer.

Og nu oversvømmes jeg af opgørelser fra de
samme som skrev, da du døde, samtidig med,
at systemerne forventer, at jeg kan lave en
forskudsopgørelse til Skattevæsnet OG en
indtægts- og formueopgørelse for os begge til
Skifteretten – tilbagedateret til din dødsdag!!

Der er ufattelige forventninger til mit
overskud og mine evner til at udføre opgaver

- på det værst tænkelige tidspunkt i mit liv!

dit navn står på døren

skoddet

i askebægeret

cigaretterne og lighteren

i vindueskarmen.

overtøjet og solbrillerne

i entreen

armbåndsuret

i skålen

smykkerne

på badeværelset

brillerne

på bordet

mobiltelefonen

indretningen og møblerne

og hver en stump nips

og skabene!!

alle de lukkede skabe

med alt det

jeg slet ikke tør se

ALT stammer fra dig

alt emmer af dig

alt er urørt!

du er her overalt

det er så dejligt

men gør ulidelig ondt

16. januar 2020

så lille skat

nu fyldte du 70

her lige

for 5 minutter siden.

jeg græder som pisket

har frygtet

denne dag

denne nat

du ikke selv skulle se

nu 11 uger efter

du uigenkaldeligt forlod mig

er intet forandret.

savn og smerte

fylder de triste og mørke

og endeløse

vinterdage

jeg tilgiver ham aldrig!

jeg prøvede Gud
meget længe.
startede med stille
at bede for mig selv
på tider og steder
hvor kun han
kunne høre mig

jeg gik på knæ
om aftenen
ved vores seng
de mange dage alene
hvor du var indlagt.

bad højlydt og inderligt.

jeg gav ham alle chancer

for at vise sig almægtig.

i min fortvivlelse

bildte jeg mig ind

at bønnerne ind imellem

havde gjort noget

at han havde hørt mig

bedret din tilstand.

hvilket selvbedrag!

det gik gradvist op for mig

at han var ligeglad!

du blev jo ikke mere rask

tværtimod

da jeg sluttelig oplevede

helt tæt på

hvilke lidelser

han lod dig

MIN Bodil gå igennem

de sidste dage på sygehuset

ubarmhjertigt og uden nåde

da vendte jeg ham ryggen

og vil aldrig se mig tilbage!

det er så ufatteligt

og ubeskriveligt trist

at du ikke er hos os mere.

jeg ved

at du vogter over mig

og vores børn

der hvor du er

til evig tid

for sådan er du.

det er så dejligt

at kunne fornemme det.

elsker dig!

vi vil ses igen

MIN Bodil

det er umuligt at forklare

hver gang jeg kommer hjem

tænker jeg på

at det er så

fuldstændig ubegribeligt

at du ikke er der

at du ikke tager imod mig

smilende

og med udstrakte arme

som du plejer.

jeg **ved** jo du ikke er der

men jeg forstår det stadig ikke

og jeg forstår ikke

at jeg ikke kan indse

at det er sådan det er

og nu vil være

altid

jeg kan bare græde

igen og igen

i afsavn og fortvivlelse over

at det fortsat kan gøre så ondt

at savne dig

jeg søger atter trøst

i de billeder

jeg har hængt op.

alle 8 kysser jeg

og taler til

og falder lidt til ro.

fordi jeg stadig har

den dejlige følelse af

at jeg kommer hjem til dig

at du stadig er her

den blå bluse

nogle fotos sendt på mail

billeder af dig

jeg ikke kendte

får igen min verden til at vælte.

jeg troede

at jeg var blevet lidt robust

men jeg græder som pisket

billedet af dig i din blå bluse

indrammer din blide side

du er så smuk

og udstråler en følsomhed

og sårbarhed

som ikke mange andre end jeg kendte

det er min skønne kæreste jeg ser

de brune øjne

det røde hår

i guder du er dejlig

hende jeg forelskede mig i

og stadig elsker

og savner

til vanvid

så det gør ondt

23/1 - 2020 efter 3 måneder

Jeg har mistet min soulmate.

Vi talte ofte om, hvor lidt vi egentlig
behøvede at snakke sammen. Det var bare til
at grine over. Efter alle de år sammen, vidste
vi altid, hvad den anden tænkte og mente –
fuldstændig som et par enæggede tvillinger
Det gjorde ikke tilværelsen kedelig, men
usigelig tryg.

På den måde var mit liv vidunderligt og
ukompliceret i mange år.

Jeg havde ingen væsentlige helbredsmæssige
problemer og, vores økonomiske situation var
problemfri.

Bodil havde haft leddegigt i nogle år, men var
velbehandlet, og det var under kontrol. En
hofteoperation i 2018 ændrede ikke
væsentligt på det.

Det gjorde imidlertid et modermærke i hovedbunden. Det var undersøgt et par år i forvejen, hvor der ikke var fundet cancer i. Nu havde det ændret karakter og det fremgik af undersøgelsen ult. 2018, at operation var nødvendig. Operationen skete over 2 gange, men kom for sent.
Blot 1 år efter var Bodil her ikke mere.

Det er ubeskriveligt at blive ladt alene – at Opleve, at det bedste du ved i verden pludselig definitivt og uigenkaldeligt er forsvundet ud af dit liv.
Man KAN ikke forberede sig på det, så meget er sikkert. Jeg prøvede virkelig.
ALT i min verden er vendt på hovedet eller væltet omkuld
På alle parametre er tingene ændret, både følelsesmæssigt, økonomisk, socialt og

helbredsmæssigt.

Hver eneste lille rutine er ophørt eller ændret.

Alt det skal du håndtere og, du skal få din tilværelse til at fungere i et kaos af sorg og afsavn i en uendelig række af grå dage.

Det eneste stabile i min tilværelse har været Molli. Vores dejlige sorte cairn terrier på 10 år. Hun afkræver mig 3 daglige luftninger og 2 hovedmåltider og jævnlig leg i løbet af dagen – og tak for det Molli.

Kontakten og støtten fra Sarah og Mikkel og deres familier har holdt mig oppe og de sørger for, at jeg stadig er i gang.

Mange gode venner har på forskellig vis støttet op og gør det stadig. Andre har svigtet - især i Bodils lange sygeperiode. Det har jeg rigtig svært ved at tilgive.

Uden Molli, børnene og venner går det ikke!

Bodil 5 uger før hun døde

OPLÆGGENE TIL PRÆSTENS TALE

0plæggene til samtalen med præsten Dorte
var noget jeg og Mikkel havde skrevet hver
især.

Sarah deltog i den 2 timer lange samtale med
Dorte, og hun havde helt styr på, hvad vi
skulle fortælle om mor – bl a med baggrund i
de 2 oplæg.

Det var centralt og meget afgørende for os
alle tre, at alle mors utallige facetter – som
det prægtige og fantastiske menneske, hun
var – kom frem. Så godt det nu var os muligt.

Mit oplæg:

Bodil er et menneske, jeg har kendt og elsket
i næsten 46 år, og det er helt umuligt for mig
at beskrive dette smukke menneske
fyldestgørende eller med de rigtige ord.

Vi var gift i næsten 44 år – og næsten
sammen hver eneste dag!

Bodil var et positivt og uselvisk menneske
med et lyst sind

Altid i godt humør og – bedre end mig – til
altid at se det bedste i sine medmennesker.

Selv da sygdommen blev værre, formåede
hun at bevare et positivt syn på tilværelsen

Vi nåede at få solgt huset, inden Bodil blev
syg og fik et par gode år ved Havnen i
lejligheden, som hun holdt så meget af.

Hun var pave stolt af sin familie, som pludselig blev en stor familie i kraft af de mange børnebørn.

Hun elskede sine børn og børnebørn betingelsesløst – og ingen skulle sige noget negativt om dem!

Bodil har altid haft en særlig evne til at tale med børn og unge – herunder naturligvis de 6 børnebørn. De var aldrig i tvivl om hendes ægte interesse for, hvordan de havde det og, hvordan de taklede eventuelle problemer med omgivelserne.

Hun arbejdede i daginstitutionen Kirkebakken i over 20 år – kendt og respekteret af børn og forældre. Ingen var vist i tvivl om, hvad hendes holdning var til forskellige ting!

Alle, der er til stede her i dag har mistet ufatteligt meget – hvad enten det er i form af tidligere kollega, ven, veninde, farmor, mormor, mor, datter eller hustru

Verden er i sandhed blevet fattigere

Bodil fik fred for sin forfærdelige sygdom onsdag d. 23. oktober kl. 13.40 – det var en smuk, solbeskinnet efterårsdag.

Hun vil altid blive husket – et prægtigt menneske er ikke blandt os mere.

Ære være hendes minde.

Elsker dig

Mikkels oplæg på mail:

Hej far,

her lidt tanker om mor. Det er selvfølgelig
supersvært, men jeg håber at du synes om
det, og at præsten kan bruge det.

Jeg savner dig – og mor! – men vi ses jo
snart.

Her er ordene:

Mor og jeg talte sammen hver fredag, ved 18-
tiden. Det var et fast holdepunkt på ugen,
som gav os lejlighed til at vende nyt fra
henholdsvis Vejle og København. Mor
fortalte om den forgangne uge, og hvad hun
og far havde oplevet. Og jeg fortalte især om,
hvad børnebørnene i København havde lært i
skole, og hvad min hustru Kit og jeg havde
oplevet i ugens løb. Det var altid hyggeligt og
en dejlig, fast aftale. Det bliver et stort savn

ikke at høre mors stemme og historier fra havnen.

Mor var meget interesseret i tøj, design og kunst. Det er helt sikkert en interesse, som jeg har arvet fra hende (og fra far, dog nok ikke så meget det med tøjet). Hun havde sin egen stil, hun var ofte klædt i sort, men altid med elementer af hvidt, pink eller stærk grøn. Farverne gik igen i mors indretning af de forskellige hjem hun og far boede i, hvor puder og plaider altid matchede med vaser og krukker. Mor havde god stil!

Mad var også en af mors interesser, selvom jeg primært husker, at det var far, der lavede aftensmaden. Mor var nok mest interesseret i grøntsager, og før det blev moderne og handlede om økologi og bæredygtighed, så gik mor altid meget op i salater, gerne bestående af mindst 6-8 forskellige typer grønt.

Lige fra jeg var barn kan jeg huske, at mor og far hørte høj musik på pladespilleren, som senere blev skiftet ud med en cd-afspiller. Det var typisk i weekenderne, og ofte når der kom gæster, at Sneakers, Cat Stevens og Sebastian lød (meget) højt fra stuen. Der var liv og glade dage!

Rengøring var en af mors mere særlige passioner. Hun kogte karklude dagligt, i en gryde på komfuret. Det havde hun vist nok lært af sin egen mor. Og hun elskede, eller praktiserede det i hvert fald med omhu og energi, at støvsuge. Jeg husker især, når jeg søndag morgen blev vækket ved at mor brasede ind ad døren til mit værelse, med støvsugerslangen forrest, og at hun ikke tog særlig notits af, at jeg lå og sov.

Nullermændene skulle have tærsk, og det jeg skal jeg love for, at de fik. Meget har jeg nok arvet fra min mor, men at koge karklude eller vække børnene med en støvsuger, må være sprunget en generation over.

Noget helt særligt, som karakteriserede min mors og fars forhold, var humor. Meget få kunne grine som dem, og tit indforstået og længe. Der skulle ikke så meget til, før de var flade af grin. Nogle gange en ny fælles oplevelse eller en erindring om en tosset ting min far havde sagt eller gjort, og så var de begge helt færdig af grin. Det kommer jeg til at savne; mors og fars fælles latterbrøl!

Kys!

PS: Salmer kommer om lidt – jeg skal lige google lidt...

Bodil på vej til fest 5 uger før hun døde

PRÆSTEN DORTES TALE

På denne så kølige efterårsdag er I kommet
her for at sige et sidste og tungt farvel til
Bodil. Som var sådan et gnistrende, livfuldt
menneske, der lyste op allevegne. Så det må
ikke være til at forstå, at hun ikke er her
mere.

Elsket og savnet - som datter, ægtefælle, mor,
mormor, farmor, svigermor, slægtning, ven
eller hvordan I nu var forbundet med hende.

Vi ved jo godt, at det at tage afsked, kun er
noget vi *forsøger* at gøre.

For *farvel* kan vi ikke sige, når vi mister den,
vi elsker eller holder af.

Det kan tage mange måneder, ja år, at forlige
sig med tanken, at et menneske er borte. Vi

kan ikke begribe det og livet kan nu og her
føles så tomt. Vi er fyldt med en længsel, som
vi ikke ved, hvor vi skal gå hen med.

Men vi samles for at holde begravelse, fordi
vi tror på, at det gør en lille forskel i sorgens
stund. At her ledes vi igennem ord, salmer og
musik, der giver et rum at være i.

At her er der noget, der giver form til os, midt
i al mørket og forvirringen. Noget der vil lede
os på vej videre, om vi er modtagelige for
det. Nu eller senere. Og her gives der ikke
mindst plads til erindringen og
eftertænksomheden i en særlig mindestund.

I sidder her som nær familie, venner og
bekendte til Bodil - med hver jeres historie
sammen med hende. Om den er livslang eller
kort.

Hver især tænker I på hende i dag og mindes
hendes dejlige væsen og stemme og alt det,

der var så tydeligt og typisk hende.

I erindrer jer alt det I havde sammen og hvad
hun betød - og betyder.

For alt det tager I med videre i livet.

2

Jeg har aldrig selv mødt Bodil, men da jeg
talte med jer i familien, fortalte I så levende
om hende, og jeg fik fornemmelsen af et
utrolig dejligt og livsbekræftende menneske.
I viste mig fotografier, som gjorde indtryk.
For billeder kan fortælle så meget, som ord
knap nok kan.

Et billede af Bodil, 5 uger før hun døde, og
velvidende om hvad vej det gik - alligevel
smilende, med et lille glimt i øjet, og smart
klædt på i hendes umiskendeligt personlige
og rappe stil. Hun har stillet sig an foran
fotografen, på en frisk måde og udstråler en

indre glæde.

Der er noget meget værdigt over et menneske, der holder fast i sig selv, så længe det overhovedet lader sig gøre. Det var jo hende at have det gode humør, det lyse sind, og en sans for det smukke.

Hun var meget interesseret i tøj, design og kunst. På en eller anden måde havde hun følehornene ude. Hun havde fornemmelse for, hvad der ville blive smart indenfor moden. Så hun var altid forud i sin personlige stil.

Ofte var hun klædt i sort, men altid med elementer af hvidt, pink eller stærk grøn. Farverne gik igen i hendes indretning af hjemmet.

Som I måske har bemærket, er kisten i dag smykket med blomster i pink og lime - til hendes ære.

Og selv et smukt menneske. Bodil var et positivt og uselvisk menneske, og med en evne til at se det bedste i sine medmennesker. Umådeligt knyttet til sin familie. Med en betingelsesløs kærlighed til hendes børn, Sarah og Mikkel, og de mange børnebørn. Et livslangt, kærligt parløb med Palle. Hvor det lyder til, at der har været masser af humor, liv og glæde til stede!

3

Et meget tæt familie i det hele taget. Hvor I har haft meget med hinanden at gøre. Mikkel mindes her den ugentlige telefonsamtale hver fredag med sin mor. Et fast holdepunkt for begge. Hvor nyt fra Vejle og København blev udvekslet.
Bodil gav ikke kun til sine egne, men hun lagde også et stort engagement i sit arbejde i

daginstitutionen Kirkebakken gennem over 20 år. Meget afholdt og anerkendt af både børn og forældre. Og også et meget tydeligt menneske i den rolle - man var vist aldrig i tvivl om hendes holdninger!

Et åbent, nysgerrigt og velorienteret menneske. Som heldigvis fik mange gode og givende år som pensionist sammen med Palle, med mange rejser og tid sammen. Det var en stor glæde for hende at bo ved havnen her de sidste år.

Så kom sygdommen, som hun tacklede helt fantastisk. Hvor hun viste sin råstyrke.

Men som alle nok ved, blev det et meget hårdt forløb til sidst. Og Bodil fik fred på en smuk solfyldt efterårsdag.

Der var ikke mere håb for hende her.

Men i troen, er der et håb.

Jeg læste tidligere fra Salmernes bog.

Salmen, der fortæller, at Gud er,

hvor mennesket er. Lige meget, hvor det er.

Stiger jeg op til himlen, er du der,

lægger jeg mig i dødsriget, er du der.

4

Ved hver dåb og begravelse lyder de samme

ord:

At Gud har genfødt os til et levende håb. De

ord indrammer vores liv og fortæller os, at vi

hører Gud til i livet og døden.

For vi er ikke adskilt fra Gud nogensinde. Så

vi tør tro, at vi ikke skal tabes - men gribes.

Ikke blive til intet, men forblive - hos Gud.

Et helt specielt menneske er borte i jeres liv.

Der er nu et stort tomrum, hvor hun var.

Men livet fortsætter. Mærkeligt nok. Det

fortsætter på en ny, men også meget

sammensat måde. Der vil være dage, hvor det

går sådan nogenlunde, og man kan blive

afledt af opgaver og gøremål. Og så er

der dage, hvor sorgen igen er helt bundløs, og

tomheden uendelig.

Må I igennem alt dette evne at holde

sammen, men også sammen kunne dele alle

de gode og rige minder, I har om Bodil.

Må I kunne samles om taknemmeligheden

over, at hun var i jeres liv, og

over alle de rige spor, hun har sat. Hun har

givet jer så meget, som I

aldrig kan miste, skønt hun ikke er her

længere.

Amen.

du er min store kærlighed

den glæde du skabte

omkring dig

den savner jeg nu.

dit smittende humør

dit dejlige smil

de gnistrende brune øjne

din mørke sensuelle stemme

den fynske dialekt.

du er det største

og bedste

der nogensinde

er sket for mig

bogen er til dig

min søde skat

så verden

for evigt

kan vide

hvor dejlig du var.

vi glemte aldrig

at være forelskede

og jeg er det endnu

du er min store kærlighed

MIN Bodil

hver eneste gang

jeg kysser dit billede

og siger godnat

så tænker jeg

hvor ubegribeligt det er

at jeg aldrig skal se dig mere.

det er så uforståeligt

at jeg skal være her

alene

ladt tilbage

at vi ikke mere

kan være sammen.

Forlag: Books on Demand – København, Danmark
Fremstilling: Books on Demand – Norderstedt, Tyskland
Bogen er fremstillet efter on-Demand-proces

ISBN 978-87-4301-394-5